새벽을 머금은 사내

새벽을 머금은 사내

2023년 8월 15일 제 1판 인쇄 발행

지 은 이 ㅣ 백민조
펴 낸 이 ㅣ 박종래
펴 낸 곳 ㅣ 도서출판 명성서림

등록번호 ㅣ 301-2014-013
주   소 ㅣ 04552 서울시 중구 삼일대로8길 17 3~4층(충무로 2가)
대표전화 ㅣ 02)2277-2800
팩   스 ㅣ 02)2277-8945
이 메 일 ㅣ ms8944@chol.com

값 10,000원
ISBN 979-11-92945-69-9

새벽을 머금은 사내

가은 백민조 詩集

도서출판 명성서림

새벽을 머금은 사내의 변

剝製人間(박제인간)들의 넋두리를 삼키며
방황의 늪에서 허덕이다가,

새벽을 머금은 날
甘露水(감로수) 샘터에서,
조심스럽게
詩集 하나 띄운다.

2023년 8월

가은 白 旲 祚

詩人 白旻祚를 평가합니다

* 누구도 모방하거나 훔칠 수 없는 지문 같은 언어로 글을 쓰고 있는 사람은 행복하다.
  백민조 詩人도 그런 행복한 詩人 가운데의 한사람이라고 나는 믿는다.

  – 이어령 문학평론가 / 중앙일보 고문
  　　　　前 문화부장관 / 이화여자대학교 석좌교수

* 갈증이 심한 인간들에게 새롭고 값진,
  그리고 진정한 샘, 詩人 백민조

  – 조경희 수필가 / 한국일보 논설위원
  　　　　(전)정무2장관 / 예술의전당 이사장

* 20대에 천재 시인으로 문단의 주목 대상이었던
  詩人 백민조의 시어는,
  날카롭고 간결하며 직설적이다.
  단아하지만 남성적 정취를 풍긴다.

  – 시사저널 편집부

차례

제1부 • 들국화

12 고애(孤愛)

13 벽제(辟除)

14 똥 13

16 들국화

17 Wild Chrysanthemums

18 海山의 봉우리 독도에서

21 심연(深淵)

22 그대 이름

23 고독 제65장

24 탈 3

26 간월(看月)

27 Deliverance

28 탈 7

29 개불

30 漢江 9

31 고독 66장

제2부 • 바람이여

34 청계산장

37 어찌하여야 하나요

40 당신

41 YOU

42 美學東山

44 바람이여

46 프란치스코 교황이여

48 라일락꽃

49 나의 이름이여

50 벚꽃비

51 독백 제49장

54 女人 49

55 독백 9

56 모기의 눈물

58 셈놀이 女人

차례

제3부 • 나그네

62 독백 5

63 얼음 배

64 허무적멸(虛無寂滅)

65 나그네

66 왕여우

68 고독

69 샛별

70 未完의 詩

71 무제

72 男裝女人

74 홍등가에 날아든 제비

76 통영바다의 탈

78 해변의 게뱅이 춤

80 Crab Dance on the Seashore

제4부 • 국악가요

84 백은실의 음원 [새벽] 일부

85 그니

86 하늘이여, 땅이여

87 쌍무지개

88 [퇴촌 영동리 닭장]의 변란

1부

들국화

고애孤愛

사랑이란
그리움을 태우다가
잠시 찾아오는 환희의 끝자락에
아픔을 달고 노래한다.

사랑이란
아픔을 달고
또 다른 환희를 태우기 위해
몸부림친다.

벽제辟除

하늘을 삼킨 벼이삭들의 함성
태양은 녹아 벌판에 묻히고

하늘 자락, 걸린 구름
사이사이
새들이 청복淸福을 노래하며

팔딱팔딱
왕메뚜기
광대탈춤 추다가
벽제辟除할 때

나는
풍요豐饒의 기적을 담으며
그들 머리 위에
몸을 띄운다.

똥 13

똥을 싸질렀다.
열세 번, 오늘.
하루에 한 번이
변기와 나의 약속이었으며 철학이었다.

한 번, 두 번, 세 번째까지는
깊고 큰 사랑을 나누었다. 변기와 더불어
네 번, 다섯 번째 똥은
나의 신체 끝문에서 불을 피웠다.
불꽃은 훨훨 타고 오른다.
엉덩이 끝문에서 시작된 불길은
머리털까지 거침없이 타올랐다.

부질스럽던 욕망 덩어리가 떨어진다.
권력의 하수인이 굴러떨어진다.
치욕과 부끄러움의 덩어리가 떨어진다.
여인의 사타구니 미학의 노래가
똥질의 불꽃 속으로 굴러 굴러떨어진다.

깊은 밤은, 아침을 준비하며
똥질과 손을 잡고 달려가고 있었다.

열세 번 똥질의 기나긴 여정은
엉덩이의 불꽃을 는개에 묻으며
새벽달을 삼키고 사라졌다.

들국화

나는 사랑하노라.
들국화를 사랑하노라.
검붉게 녹슨 철로 변, 함초롬히 피어나는
들국화를 사랑하노라.
그것은 나의 아내의 모습이기에
더욱 사랑하노라.

Wild Chrysanthemums

I love.

Chrysanthemums:

I love.

Chrysanthemums.

Blooming calmly and neatly

Around the dark-red rusty railroad:

I love,

Chrysanthemums,

The portraits of my wife:

All the more

I love.

海山의 봉우리 독도에서

海山의 한 봉우리
하늘과 바다가 조화를 이룬
絶境의 바위섬. 독도

바다사자와 海鳥들이
'韓國교향곡'을 연주하며
仙女들의 玉水를
품에 안고 있었다.

썩은 바람 타고
날아와 뒹굴고 있던
日章旗 하나.

受侮와 苦難의 울타리 속에서도
수백 년 동안
韓國人들과 애련哀憐한 사랑.
진솔한 情을 나누웠던
괭이갈매기들이 노란 부리로
日章旗를 갈기갈기 찢고 있었다.

忿怒의 부리질을 하던
괭이갈매기들이
까~까, 까 ~까
韓國人들이여 !!
일본의 앙갚음의 만행을 규탄하라.

까~까, 까 ~까
한국인들이여
侵略과 강권强勸의 역사를 미화하는 일본을 규탄하라!!

4,460만 년 침묵을 간직한
황금의 섬. 독도獨島
해저海底 깊숙이
얼음에 숨어있던 6억여 톤 메탄이
괭이갈매기들의 분노의 함성에 놀라
산더미 같은 격정激情을 토하고 있었다.

지하에서
숙종肅宗의 안용복安龍福 장군이 벌떡 일어나,
한국의 영혼靈魂이 담긴 화살을 날리고 있었다.

화살은 분노의 불꽃을 달고
시마네현(縣) 심장부를 도려내어
일본 왕궁.
그리고 동경東京에
그렇게 날리고 있었다.

저 멀리
대마도對馬島 땅,
세종世宗의 이종무李從茂장군 황금 깃발이
세차게 나부끼고 있었다.

* 옥수(玉水) : 맑은 샘물 / 매우 귀중한 물

* 절경(絶境) : 멀리 떨어져 있는 땅

심연深淵

하늘에
일렁거리는 풍기風期*

동공瞳孔은
공허를 따르고

욕생欲生을 뿌리던
女人의 얼굴

빗나간 화살
구름을 달고 떤다.

고독에서
안식을 장만하는
나의 슬픈 영혼

사나운 심연深淵*이
가슴을 벗긴다

* 풍기(風期) : 서로 뜻이 통함
* 심연(深淵) : 깊은 못, 좀처럼 헤어나기 힘든 깊은 구렁

그대 이름

달아나는 그대 이름 따라
나의 가슴이 달아나고
달아나는 나의 가슴 따라
그대 이름이 달아난다

절망의 늪에서 허우적거리는 낙엽에
선명히 박힌 그대 이름을 부르짖으며
두꺼비춤을 춘다.
두꺼비춤 사이사이로
달아나는 그대 이름
달아나는 나의 가슴.

고독 제65장

1.
설 아침
차디찬 떡국을
담배 연기로 말아
목구멍에 부었다.

2.
갈증을 씻어 내리는 청아한 샘
아! 그것은
여인의 젖가슴.

3.
한 사발 막걸리로 밤을 태운다.
새벽달이 동전이 되어
날아 떨어진다.
나의 가슴에.

4.
술잔에 묻었다, 하늘을.
술잔에 묻었다, 나를.

탈 3

탈을 쓰고 노래하네
넓고 험한 세상을,
탈은 품어 안았네.

탈춤을 추네
탈-탈-탈
부질없는 욕망은
詩가 되어 흐르네
탈속에,

죽은 피를 마시는,
아픈 사랑도 흐르네
탈속에,

탈춤을 추며 노래하네
은금은 굴러굴러
탈속으로 기어 들어오고

왕관은 안개 속으로
사라지나 하였더니
탈속으로 굴러굴러 들어오네

나를 위한
나만의 지순한 사랑이
그대, 탈과 함께 날으네
한없이.

간월看月*

하늘과 땅을 날으며
욕생欲生*을 취하고자 몸부림치더니,
암혈의 면벽에서 수날 동안 자신을
태우다가,

문득 看月했다. 무학이.
붉은 법의는 암혈에서 솟아 날아
바다를 가르고, 하늘을 갈랐다.
무학의 너털웃음이 날아 올랐다.
한없이.

* 간월(看月) : 달을 보고 해탈(解脫)
* 욕생(欲生) : 극락세계에 왕생하기를 바라는 마음

Deliverance

Wandering between the sky and the earth,
struggling to keep a life filled with greed
For several days,
Facing the wall in a pitch-black cave,
Burning himself with Zen parctice.

Suddenly
With the moon delivered from himself,
The Great Monk Muhak.

Rising towards the sky,
His red robe separated if from the earth:
Boundlessly
His guffaw soared up.

탈 7

그대는 나,
나는 그대임에.

탈속에 그대가 있고
나 또한 탈속에 있네.

탈은 노래하네,
그대와 나는 하나임을.

개불

칼날의 미학에 난도질당한 개불이
안주상 중앙 무대에서
마지막 숨을 몰아쉬고 있었다.

해저海底동산
산호들의 웅장하고 화려한 무대
교향곡을 연주하는 문어들
그들과의 환희의 춤을 추웠던 개불
그러나
성계의 가시반란에서 통곡을 하고,
풍요를 담은 보름달을 열모悅慕하던
해파리의 넋두리를
가슴에 쓸어 담으며
해녀海女의 손칼질에
썩은 미소를 뿌리던
개불 살더미는
칼날의 미학에 몸을 던졌다.
그리고
낭인浪人과 주객酒客의
고독,통한의 숨소리를 삼키며
술잔 속으로,
술잔 속으로 숨어들었다.

漢江 9

漢江은 한껏 몸을 낮추어 조심스레 기어 흐르고
하늘의 검은 잿빛 사이로
선녀仙女들이 옥수玉水를 하염없이 뿌리네.

갈매기 한 마리가 청승스런 구음口音을 나열하고
강물을 다독거리며 쓸쓸히 따라 날으네.

나의 부질없는 욕망慾望이
나의 슬픈 고뇌苦惱를 조롱하던 女人의 상판이
나의 통한痛恨을 노래하던, 아들의 상판이
그리고 박제剝製의 천재天才들이
한껏 몸을 낮추어 조심스레 기어 흐르는
漢江을 말없이 바라보며 따라 흐르네.

* 옥수(玉水) : 맑은 샘물 / 매우 귀중한 물
* 박제(剝製) : 더 이상 발전이나 본질적인 기능을 발휘할 수 없을
　　　　　　　정도로 굳은 상태가 됨을 비유

고독 66장

강남 도산공원 사거리
텅 빈 놀이공원은
고독으로 덮인 깊은 밤을 마시고 있었다.

노송 하나가 자신의 그림자를
하염없이 바라보고 있었다.

그네가 홀로 슬피 울며
하늘과 땅 사이를
소리 죽이며 날고 있었다.

놀이공원 거미줄에 숨어있던 젊은 나무들이
노송의 그림자 위에 누워
밤하늘 자락의 별을 담뱃불로 지지고 있는
나를 바라보고만 있었다.

2부

바람이여

청계산장

제 1장

어느날
가슴이 도망가는 날
도망가는 가슴 쫓아
청계산장에 여장旅裝을 풀었다.

양손에 은빛 찬란한 수갑을 걸치고
에베레스트 자일을
어깨, 허리에 람보처럼 걸치고
춤을 추었다.
벌거벗은 채.
40년대 남대문 수문장 녀석이
나의 쌍판에다 1369 숫자를
선명하게 박아준다.

太初의 神市
발가벗은 채, 아담과 악수하고
전위예술가 師父답게
中足을 흔들거리며

한판의 춤을 추다가
개밥 그릇에 얼굴을 박았다.

개밥 그릇에 박힌 얼굴
하늘을 타고 흐른다.

하늘에서 얼굴이 내려온다.
또 다른 얼굴이.
너울너울 춤추며 내려온다.
義理, 信義는 背信에 울고
의리, 신의는 虛妄의 웃음을 뿌리고
시궁창에 뒹굴던 銀錢,金錢
너울너울
버섯구름을 타고 흐른다.

제 2장

오늘 토요일 접견시,
그녀의 얼굴은 몹시 어두웠다.

그녀 얼굴이 펜촉에 어른거린다.

사위四圍의 변화가 그녀로 하여금
동공의 빛이 요동치고 있음이다.
나의 왼쪽 가슴에 달린 종鍾이 다시 운다.
2평 골방 33개 창살 사이로 도망가는 종소리
1369의 숫자를 셈하다가
하늘자락을 때리며
메아리 돌더니 청계산장으로 되돌아 온다.
2평 골방 33개 창살 사이로.

제3장

청계산장,
밤이슬 사이 사이 나팔소리
묻었다. 나를.

어찌하여야 하나요

그대, 안녕

달아나는 새벽달을
머리자락에 쓸어안고
환희의 美歌를 조심스레 노래하며,
서서히 타오르는 태양을 송두리 채,
가슴에 깊숙이 담으며
잘 주무셨어요? 하였던, 그녀
하루의 무기력함 속에
자신의 존재를 셈하다가 불현 듯
어디 계셔요? 하였던, 그녀
서서히 어둠 속에 잠식되는 태양
그리고 하루의 삶을
시간별 정리하다가,
수줍은 듯 나래를 펼치는 달을 살며시 바라보며
오늘 기분이 어떠하였어요? 하였던, 그녀
빗길
그리고 눈길
조심, 또 조심을 연발하였던, 그녀

긴 긴 세월
한결 변함없이,
매일 아침
매일 저녁
따스함이 넘치는 안부의 잔을,
나의 가슴에 뿌리던, 그녀.
그녀는
어제 그리고 오늘도
조용과 적막함 속에 갇힌 호수를 품었는가.
여전히
그녀의 목소리는 깊은 잠이 들었고,

달아난, 나의 가슴

무엇으로 인하여,
그녀 가슴은,
희뿌연 담배연기에 덮여 있는가.

정적 속에
물안개로 덮인 나의 가슴,

절절한 기다림,
조각되는 안녕이란, 두 글자.
그대, 안녕
안녕, 그대

어찌하나요.
어찌하여야 하나요. 나는.

당신

허공 속으로 사라진 당신
담배 연기 속으로 사라진 당신
술잔 속으로 사라진 당신.

그렇게 사라진 당신을 찾았던 것은,
그것은 바로 나인 것이다.

YOU

You

Who has vanished into the air,

Who has faded into the smoke,

Whe bas been lost into the drink:

You

Are

Me myself,

Who has tried to search for you.

美學東山

누웠다.
깊고 큰 어둠에 잠긴 東山에.

웃었다
울었다
하염없이.

狂亂의 웃음을 삼킨
어둠의 美學東山에
누웠다. 나는.

어머니
아들
여편네
그리고
보았다. 나를.

권력의 侍從
갑부의 使丁*
女體의 충직한 머슴.

허공에 나열된
갈기갈기 찢어진,
나의 쌍판
나의 이름.

깊고 큰 어둠에 잠긴 東山에
누웠다
말없이, 나는.

* 사정(使丁) : 잔 심부름을 하던 사람

바람이여

바람이
모진 바람이
나의 몸을 휘감았다.

바람이
모진 바람이
나의 몸을 휘감아
땅끝에 꽂았다.

그대
바람이여.

어찌하여
땅끝에 꽂았는가
나의 몸을.

나는
날아야한다.
날아야한다.

그대
모진 바람이여,

땅끝에 박힌
나의 몸.
舊誤(구오)*를 용서하고,

背光(배광)*에 박히는 나의 몸,
燦然(찬연)에 뒤덮이는 나의 몸,
하늘자락에서
춤을 추며 날아야한다.

그대
바람이여
모진 바람이여.

* 구오(舊誤) : 과거의 잘못 / 오래된 잘못

* 배광(背光) : 후광

프란치스코 교황이여

그대 프란치스코 교황이여!
그대에게 묻건데,
정영 하느님의 전령자이며
이 지구의 구원자인가?

나는, 신이란 존재를 부정하며
오로지 나의 신은, 나의 가슴이라 정하였느니.

그대,
신의 전령자이며 대변인,
그대에게
정중히, 머리 조아려 묻노니.

2014년 8월16일
대한민국 땅,
낮은 곳에서 베푸는 시간,
음성 꽃동네 하늘의 한 천사 영상을
그대가 연출하였는가?
환희의 붉은 구름 속에, 고난과 역경을 쓰담으며
함초롬이 환한 미소를 뿌리는 천사,
평화와 공동선이 무엇인지 깊이 숙고하고 행동하라는

무언의 환영幻影 미소에
나의 심장은 멈췄느니라.

그대
프란치스코 교황이여!
나는, 그대의 존재를 거부하나,
그대의 존재를 거부 할 수 없는 현실에
몸부림치며 울부짖고 있나니,

그대,
프란치스코 교황이여!

정영, 그대가
이 지구상의 유일한 신의
전령자이며 구원자이라면
나의 가슴에 소망의 불꽃을 날려주고
그대 입술로
나의 피를 빨아
고난과 역경의 삶의 순종자들에게
충만한 기쁨이 넘치도록
한껏 뿌려주시길 간절히 엎드려 청하노니.

라일락꽃

라일락꽃 향기는

성숙한 여인의 냄새

나의 몸은

흐느적 녹아내린다.

나의 이름이여

비바람 몹시 몰아치는 날
정처 없이 뛰었네
명예의 굴레에서 몸부림치던
소망의 날개는 빗속에 주저 앉았네
하늘끝으로, 나의 가슴은 찢기어 날고
부질없던 욕망에 휘감긴, 나만의 그네는
슬피 울며, 한없이 허공을 날으네
나의 이름이여
나의 이름이여.

부질없는 욕망에 휘감겨
한없이 허공을 날으던, 나만의 그네는
몰아치던 비바람이 소리없이 땅끝으로 사라지자
소망의 피리소리는 나를 휘감고
명예의 굴레를 벗어 던진, 힘찬 나의 노래는
환희의 깃발을 펄럭거리며
땅, 하늘은 영광의 찬가를 부르네
나의 이름이여
나의 이름이여.

벚꽃비

벚꽃비가 내린다.
고아한 청빈淸貧의 사내는
제주도 왕벚나무의 전설을 노래하고.

벚꽃비는
퇴촌 영동리 88국도를 한아름 삼키며
벚꽃의 순결을 하염없이 휘날리더니,

미려美麗한 벚꽃 동산에,
묻었다.
나의 번뇌煩惱를.

독백 제49장

나는 모른다.
예배당.

예배당
예배당.
모른다, 나는.

나의 아들이
그의 처가
그리고 그들의 자식들이
예배당을 무섭게 찬양한다.
하늘자락
그리고 땅끝 자락까지.

예배당!
예배당!!

구원이 휘감고
소망이 휘감고
영광이 휘감는다는

예배당의 유혹.

고린더(corinth) 열세 번째의
사랑 이야기에 흠뻑 취하여,
가슴 열렬熱烈이 조이던
이 나라, 이 땅 속의 검붉은 지렁이들도,

보다 참된 사랑
보다 값진 사랑을 갈구하면서,
사도바울 훈교訓敎를
목놓아 드높이 외쳤던 예배당.

그러나
예배당을 은금으로 현란하게 치장하고
보혈寶血로 위장된 선지에 익은 이빨로
서슬을 날리는 목자牧者들.

나의 주는 너의 주
너의 주는 나의 주
우리, 우리들의 주와 함께

지상 최고의 신시神市동산을 구축하자는,
기독과 거짓 충성의 합창.

자신과 더불어 가족을 곱삶으며,
선혈鮮血을 삼킨
참살이 짚그물에 머리 박는,
사역자使役者들의
함성으로 도배되는 예배당.

예배당.
예배당.
예배당!

나는 모른다.
오직 나만의 예배당은
나의 가슴에만 숨어 들어왔을 뿐이다.

※ 나는 기독교인들을 사랑한다.
　보다 참된 신앙으로 구원받으며, 소망을 가슴에 안고
　기도하는 예배당을 사랑한다.

女人 49

녹슨 철로변
생모시적삼 벗어
어깨에 걸친 여인.

그녀 입술에
제비꽃 하나 물려있다.

백합꽃
장미가시
여우 꼬리의 깃털들이
꽂어있다. 그녀 머리에.

백합꽃 향기에 취한 사내
장미가시에 머리 박은 사내
여우 꼬리자락에 넋을 잃은 사내들이
그녀 가슴 사이사이에서
너나들이춤이 익어간다.

그녀 입술에
물려있다. 제비꽃 하나.

독백 9

술잔 속에서,
호젓이 풍만한 가슴을 흔들은 여인.

담배 연기 속으로,
사라지는 인생 이야기.

대나무숲에,
말없이 묻어야 할 이름, 이름들.

가슴에 묻었다.
술잔을.

모기의 눈물

소의 피.
말의 피.
그리고
똥개의 피를 먹었다.

豊饒(풍요)와 充滿(충만)이 가득 담긴
행복덩어리들을 먹었던, 모기.

선량과 더불어 잔잔한 미소로 다듬어진
사람의 생피를 먹었다.
飽滿(포만)과 淸福(청복)이
모기의 심장에 스며들었다.

가랑비가 소리없이
所望(소망)의 대지에 숨어드는 날,
최상급 잡놈의 號牌(호패)를 자랑하는,
사람의 생피를 빨았다.

그날
역겨운 신트림 덩이들이

사정없이
모기의 심장을 난도질하였다.

눈물을
하염없이 흘리던 모기는,
자신의 눈물로
날개를 씻어내리고
주둥아리를 씻어내리면서
다짐, 다시금 다짐하였다.

최상급 잡놈의 號牌(호패)를 자랑하는
사람의 생피는 결연히 빨지 않겠노라고.

셈놀이 女人

9-28. 12-1
9-17. 9-19

도도히 흐르는 한강, 압구정 나루
셈놀이 몰두하는 여인.

9-17. 9-19
9-28. 12-1.

異性 그리고 理想이 맺어진 날.
인간의 본능에 충실한 나날들.
탄생, 환희의 날.
셈놀이, 셈놀이.

소망의 나래
행복 염원.
여인의 노래는,
그녀 나라만의 숫자들 향연과 더불어,
압구정 나루을 휘감고 메아리쳤다.

3부

나그네

독백 5

논현동 사거리, 성북동 돌담.
퇴촌 벚나무골, 압구정 나루.
그녀 나라의 셈놀이는,
45년을 다듬었으나
또 다른 16년의 허무한 세월을 삼킨, 여인의 머리에
하얀 뭉개 구름이 되어 내려 앉았다.

오늘도
자신의 가슴을 설음질하였던
푸른 깃발을 높이 세우고,
女人은 셈놀이, 셈놀이.

얼음 배

남한강, 겨울
얼음 배, 하나.
물오리 두 마리
노를 젓는다.

얼음 배,
살포시 乘船(승선)한
백구 한 마리.

새털구름 쫓아가는
얼음 배, 하나.

허무적멸虛無寂滅

가슴이 날아갔다.

하늘 자락에도

땅끝에서도 찾을 수 없었다.

날아간 나의 가슴.

* 허무적멸(虛無寂滅) : 생사(生死)의 경지(境地)를 떠남

나그네

하늘은, 침묵의 시간을 말없이 뿌리고
땅끝 문을 하염없이 바라보고 있었다.
땅은, 하늘의 문이 말없이 열림을
바라보고 있었다.

길 잃은 나그네
하늘을 우러러, 땅끝의 문을 우러러
한 잔의 술에,
역경과 시련, 수모와 고뇌
그리고 자신을 담그고 있었다.

하늘은
땅끝을 바라보고만 있었다.

가야 할 길 잃은 나그네
한 잔의 술 속에
희망과 소망을 노래하고,
다시 걸어야 할 길을 향한
피리를 불었다.

나그네 피리 소리는
하늘, 땅끝 문에 휘몰이쳤다.

왕여우

女人
하나.

그녀
머리자락에 달려있었다.
[여우학 개론]

세차게 몰아치는 비바람과 함께
강을 건넜던 그녀.

휘몰아치는 눈발과 어깨동무하며
산을 넘었던 그녀.

그녀 다리에 휘감겨있는,
[여우 108계율]

그녀
가슴에 안겨있었다.
[여우꼬리의 미학]
그리고

[여우 허리의 기하학]

안개꽃 동산
망초꽃 동산
그녀 가슴에 안겨있었다.
[여우의 함박꽃웃음 미학] .

그녀
칠순 잔치상 해주반에 얹어있었다.
증서, 하나.
[至尊, 왕여우]

고독

깊은 늪을 잠식하는 밤.
공허와 허무가 숨어들었다.

유리창 속 비는,
여전히 대지를 빨고,
나의 가슴,
유리창 속 비에 빨리고만 있었다.

쥐어진 시간과의 전쟁
패전의 넋두리,
허공에서 춤추는 담배 연기,
회색 벽에 박힌 시계추,
족보 상실한 바퀴벌레의 춤사위,

밤은 타고 있었다. 하염없이

샛별

샛별은
바다 마을 깊숙이 들어앉자
보다 다른 환희의 아침을 열고,
자신이 사라질 시간을 준비하고 있었다.

바다 마을
농막의 풍경 소리에
물오리들이 소리 없이 모여들더니,
달아나는
샛별을 바라보고만 있었다.
말없이.

未完의 詩

검붉은 핏방울에 사이다가 숨어든 생맥주
한 잔을 목구멍에 도배하듯 발랐다.
구멍난 가슴을 헤집어 또 한 잔이 숨어들었다.
그리고 남사당놀이를 품었다.

주접노래를 토하고 허공에 나열되는 나의 얼굴.
검붉은 핏방울에 사이다가 숨어든 생맥주는
소리 죽여 웃었다.
미완의 詩가 소리 죽여 울었다.

무제無題

금전 탐닉자인 목사
여체미학자인 신부
사기詐欺 전문인 스님
그들이 춤을 춘다.
사붓사붓 춤사이로
똥바가지가 구른다.

썩은 사랑에 통곡하는 여인
금력의 쇠사슬에 미꾸리질하던 사내
덩실덩실 춤을 춘다.
그들의 머리에는
연꽃 한 송이 꽂어있다.

男裝女人

흩어져 날아간다.
날아 떨어진다.

남장 여인의 가슴이 날아간다.
날아 떨어진다.

재클린 눈동자
간디의 콧등이
노라의 입술
나는 만들지 않았다.
너도 또한 만들지 않았으리라.

권력자의 눈빛에 얼고
금력가의 발길에 눌리고
낭인浪人인 내게 달았던
너의 몸을.

넓고 넓은 신시神市에서
붉은 구슬., 검은 구슬
굴러 굴러 떨어진다.

너의 가슴으로.
무너져 가는 아성牙城
무너져 가는
너의 가슴

권력의 놀이, 금력의 놀이
남장 여인의 검붉은 가슴이
낭인浪人인 나의 가슴에
내려 살아진다.

홍등가에 날아든 제비

서리에 물든 머리 뒤흔던 제비
미아리 홍등가를 숨듯이 날아들었다.

붉은천 휘날리는 꽃동산에 날아든 제비
화들짝 놀라 자빠졌다.
여편네 쌍판을 보았다.

푸른천 휘날리는 꽃동산에 날아든 제비
화들짝 놀라 자빠졌다.
딸년 쌍판을 보았다.

서리에 물든 머리 흔들거리며
히죽 히죽거리던 제비

미련과
아쉬움을
날개에 묻어버리고,
어둠을 태우는 가로등 불빛을
바라보고만 있던 제비.

포장마차 여인이 던저준 술잔에서
어머니
아들의 얼굴을 보았다.
홍등가의 제비는.

통영바다의 탈

통영 땅은
숨듯이 기어든 바다를 마시고 있었다.

한국의 인간 보물들
그리고 그들을 사랑하고 존경하며
추종의 북소리 울리는 탈놀이인들.
통영 땅에 숨어든
바다를 마시고 있었다.

굿판에서 솟아오른
한국 예술혼을
탈 속에 담았다
탈놀이인들이.

찌든 삶
고뇌의 울타리에서 몸부림치던 인생
시궁창에 던져진 욕망
허망한 사랑
메아리 속에 울부짖는 은,금
갈등의 굴레에서 통곡을
탈 속에 모두 모두 묻으며,

환희의 가락에 격정의 불꽃을 태우는
탈놀이인들의 함성이
통영바다를 삼키고 있었다.

강령의 미얄할미, 취발이
고성의 말뚝이, 문둥이
북청의 꼽추, 껵쇠도
탈 속으로
탈 속으로
들어가고 있었다.

밤 하늘.
하나의 탈이
잔잔한 미소를 품어 내리며
어둠에 잠긴 통영 바다를 향해
소리 없이 내려오고 있었다.

해변의 게뱅이 춤

해변의 들꽃을
노랗게 잠식하는 봄날이었다.

바다는 소리를 죽이고
해변의 들꽃을 바라보고 있었다.

하늘이 갈라지고,
봄날을 삼킨 우박이,
나의 머리를 삼키고
가슴을 삼켰다.

우박은
녹슨 동전을 튀어
나의 콧등을
검붉게 덮었다.

그리고
녹슨 동전은 춤을 추었다.
길 잃은 거렁뱅이가
히죽거리며

춤을 추었다.
너울너울
게뱅이 춤을 추었다.

바다는 말없이
들꽃을,
녹슨 동전을,
게뱅이 춤을,
바라보고만 있었다.

Crab Dance on the Seashore

It Was a spring day.
Yellowishly gaining on
The wild flowers on the seashore.

The sea,
Holding back its sound
Was gazing at the flowers.

The sky split,
The hailstorm swallowed up
The spring day,
My head and
My heart.

The hailstorm sprang up,
The rusty coins and
The dark-red coins collapsed
My nose-ridge,
And then danced.

A lost vagabond,

Smiling blankly and blankly

Danced around:

The lost vagabond

Swaying his arms

Waddled like a crab.

The sea,

Without a word

Just gazed at

The wild flowers,

The rusty coins and

The crab dance.

4부

국악 가요

■ 국악 가요[새벽]

작사 : 백 민 조
  - 시인 / 극작가 / 연출가

작곡 : 이 용 탁
  - 지휘자 / 음악감독
  - 국립 창극단 예술감독
  - 국립국악원 창작악단 예술감독

노래 : 백 은 실
  - 국악인 / 예술감독
  - 국가무형문화재 강령탈춤 전승교육사
  - 한국전통연희연구회 회장
  - 강령예술단 단장

▢ 백은실의 음원 [새벽] 일부
  탈 / 남장 여인 / 나의 이름이여 外

그 니

작사 : 백 민 조
작곡 : 이 용 탁
노래 : 백 은 실

1. 새벽닭 울적에 뒷짐 지고 사라진 그니
   그믐달 뜰 때마다 그니 그리는 가야금질은
   강산을 얼마나 놀래고 울렸던가
   꿈속에 아른거리던 그니 그리며 찾아 나섰건만
   그니는 보이지 않네 그니는 보이지 않네 ~

2. 무심한 강물에 사랑 따라 가버린 그니
   무심한 한탄수강 그니 그리는 다듬이질은
   강산을 얼마나 놀래고 울렸던가
   꿈속에 아른거리던 그니 그리며 찾아 나섰건만
   그니는 보이지 않네 그니는 보이지 않네~

하늘이여, 땅이여

작사 : 백 민 조
작곡 : 이 용 탁
노래 : 백 은 실

하늘이여, 문을 열어라
땅이여, 문을 열어라
욕망의 문은 어찌하여 닫혀있는가
하늘이여, 문을 열어라
땅이여, 문을 열어라
그대는 아는가
하늘이여, 땅이여
그대를 향한 나의 지순한 사랑을
나만의 하늘, 나만의 땅
문을 열어라. 문을 열어라
그대는 아는가
붉은 깃발에 선명히 박힌 이름
그것은 나의 이름
하늘이여, 문을 열어라
땅이여, 문을 열어라
욕망의 붉은 깃발을 꽂으리라
하늘이여, 그대 가슴에
땅이여, 그대 가슴에
꽂으리라. 꽂으리라
나의 붉은 깃발을, 그대 가슴에 ~

쌍무지개

작사 : 백 민 조
작곡 : 이 용 탁
노래 : 백 은 실

1. 밥 팔고 술 팔고 웃음 팔며 눈물 흘렸네
   나의 슬픈 역사가 실개천 따라 흐르네
   흐르는 실개천을 바라보며
   한없이 슬피 울던
   나를 함박꽃으로 달래 주었던 그 사람
   그 사람 품에 안겼네 그냥 안겼네
   나의 인생은 무지개 타고 흐르네
   쌍무지개는 나를 품어 날으네 한없이
   아아 아아아아 아 아아 아아아 아
   아아 아아아아 아 아아 아아아 ~

2. 한 서린 잔들어 가슴 깊숙이 묻었네
   지난 슬픈 과거를 하늘 자락에 묻었네
   휘모리구름 바라보며
   한없이 슬피 울던
   나를 함박꽃으로 달래 주었던 그 사람
   그 사람 품에 안겼네 그냥 안겼네
   나의 인생은 무지개 타고 흐르네
   쌍무지개는 나를 품어 날으네 한없이
   아아 아아아아 아 아아 아아아 아
   아아 아아아아 아 아아 아아아 ~

[퇴촌 영동리 닭장]의 변란

어느 날.

개나리꽃들이 [봄이 왔네~봄이 왔네~] 합창하고,

따스함이 천지를 덮고 있는 날.

[양평 장]에서 닭 세 마리를 분양받았다.

닭장사 왈

"요놈이 사람 나이로 19살, 힘이 변강쇠 사내놈이고,

　요 두 마리는 사람 나이로 18세의 숫처녀잉께 !

　신방을 꾸며주면, 보름 후부터 달걀이 소쿠리에 쌓인

당께 !!"

　보름 후,

　유정란有精卵이 매일 아침상에 놓이다는 희망의 나래

를 펼치며, 영동리 마을, 무면허 건축가들의 합동작품인

아담한 닭장, 이름하여, [희망이 솟구치는 영동닭장]의 둥

지에 풀어 주었다.

　다음날,

　충청도 양반네 딸임을 사사건건 강조하는 許女史가,

[성덕리]에서 열 마리의 암컷들을 곱게 모셔와, 닭장에

풀어 주면서

"야들아! 많이 많이 알 나라! 몸보신하게!!" 일성一聲을 던졌다.

태양이 작열하다가, 때로는 먹구름 사이사이에서 숨바꼭질할 때도, 빗발과 그리고 눈발이 콧등을 헤집는 날이면 날마다, 김 팔고 때로는 금 파는 김 팔기가, 소망의 노래를 한껏 날리며, [모란장]에서 업어 온 암컷 다섯 마리를, [희망이 솟구치는 영동닭장]에 풀어 주었다.

나는 새벽 안개가 살며시 사라지고, 태양이 방긋이 웃으며 또 다른 아침을 열어줄 때, 열여덟 마리의 닭을 집합시키고, 순번과 더불어 족보를 하달시켰다.

[양평장]의 년놈들은 이름하여 [양평파], 그 중 유일한 수놈은, 건장하고 붉은 볏과 흰 깃발을 뽐내는 늠름한 자세를 높이 평가하고, 지배자가 역연하여 [Kahn]이라 명하였다.

칸은 [양평파], [성덕파], [모란파]를 평정하고 위대한 지배자가 되었다.

칸의 거드름은, 중국 황제 진사황은 명함을 내밀지 못할 정도로 위세를 뿌렸다.

아침밥을 챙길 때, 수하의 암컷들을 벽제辟除시키고, 밤을 맞이할 때는 양쪽에 암컷들을 양분하여 도열시키며, 한가운데에 자리 잡고 절대 통치자의 위엄과 지존의 자세로 밤을 태웠다.

[양평파], [성덕파], 그리고 [모란파] 암컷들은, 10여 일을 [안일의 장]에서 보낸 후, 하루에 2~4개 달걀을 생산하였다.
30여 일을 [행복이 솟는 장]을 보낸 후, 하루에 7~8개 달걀을 쏟아냈다.

김도 그리고 금도 잘 팔리지 아니하여, 하루 하루를 울상 속에 나날을 보내던 김팔기.
충청도 양반네 딸임을 너스레 떨던 許女史.
그들은 합창하였다. [얼씨구 절씨구 지화자 경사 났네~]
그들은 수북이 쌓인 달걀 앞에서 환호의 축배를 들었다.

어느 날,
피노키오와 돈키호테, 그리고 원조 원숭이를 쏙 닮고, 말걸리 통속에서 탄생된 듯한, 썩은 죽상의 털보 윤석진이란 녀석이 숫컷 조선닭 한 마리와 암컷 두 마리를, [희망이 솟구치는 영동닭장]에 풀어 주었다.

변란이다.!

[희망이 솟구치는 영동닭장]에 변란이 일어났다.

[희망이 솟구치는 영동닭장]의 절대 지배자 칸에게

새롭게 등장한 조선닭 수놈이 칸에게 결투를 청하였다.

오호라 통제라!

오호라 통제라!!

[숙명의 결투] 장에서 비참하고 처절하게 꼬꾸라지고 말았던 칸, [희망이 솟구치는 영동닭장] 절대 지배자 칸, 그의 목덜미에서 품어 날리는 선혈이 [희망이 솟구치는 영동닭장]을 피로 도배하였다.

마지막 숨을 힘들게 몰아쉬는 칸의 절규,

"나의 운명인가? 하늘이여! 하늘이여!!"

칸의 절규는, [희망이 솟구치는 영동닭장] 철망 사이사이로 메아리 치고 있었다.

칸의 애첩 이름하여 깜순이가 곁에서 하염없이 흐느낀다.

자신의 목덜미에서 솟구치는 핏발에서,

칸은 절대권력의 무상함을 한탄하며, 쥐구멍에 머리 박고 울부짖는다.

"하늘이여! 정녕 이것이 나의 운명인가? 하늘이시여!!"

칸은 하늘을 한번 우러러보다가, 열여덟 마리의 자신의 첩들을 하나하나 바라보더니 그리고 새롭게 지배자로 등극한 조선닭을 원망스럽게 쳐다보면서, 마지막 숨을 몰아 쉬고, "안녕!" 한마디 말을 남긴 채, 그렇게 하늘나라로 올라갔다.

[양평파], [성덕파] 그리고 [모란파]의 암컷들은 머리 조아리고, 숨죽여 흐느끼며, 하직 인사를 건네고 있었다.

"칸이여! 칸이여!! 편히 가소서!"

나는, 위대한 자연의 섭리요, 약육강식의 법칙을 존중하며 최후의 승리자인 조선닭 수놈을 이름하여, [칸투]라 명하였다.

다음날
칸투는 [희망이 솟구치는 영동닭장] 절대권력자임을 자부하며 위엄있는 맨드라미꽃과 같은 볏을 흔들흔들 거리며, 칸의 애첩이었던 캄순에게 명하였다.

"네년이 칸의 애첩 이렸다? 오늘부터 나의 수청을 들라!!"

캄순이는 [칸투]의 명을 못 들은 척하며,
살며시 닭장의 구석으로 처박히며
"칸! 칸! 나는 어찌하여야 하나요? 어찌하여야 하나요? 이 몸은 어찌하여야 하나요?"

다음날 새벽

캄순은 사랑하는 [오직 내 하나의 사랑 칸]의 곁으로 갔다.

목덜미가 무참히 찢기여 죽은 캄순이, 그녀는, [칸투]의 집요한 수청을 거부하다가, 칸투의 괘씸죄로 살해된 것이다.

조선의 춘향이 보다 더 순결하고 정녀이며 열녀 캄순이는 싸늘한 자신의 몸을 [희망이 솟구치는 영동닭장]에 남긴 채, 칸의 하늘나라로 올라갔다.

"나의 칸이여! 하늘나라 당신 곁으로 날아 올라갑니다. 칸! 칸이여!!"

그녀의 절규는, [희망이 솟구치는 영동닭장] 철망 사이사이에 메아리치더니, 이내 되돌아, 정영로 920번지의 개똥나무길을 휘몰이 치다가, 다시금 [희망이 솟구치는 영동닭장]을 휘감아 메아리치고 있었다.